P9-APO-850

¡Zas!

Escrito por
Mary Margaret Pérez-Mercado
Ilustrado por
Richard L. Torrey

Children's Press®
Una división de Grolier Publishing
Nueva York • Londres • Hong Kong • Sydney
Danbury, Connecticut

Con muchisimo cariño y gratitud a mi esposo, mis hijas, mis amigos,
y mi familia quienes me alentaron a escribir.
—M. M. P.-M.

Especialistas de la Lectura
Linda Cornwell
Coordinadora de Calidad Educativa y Desarrollo Profesional
(Asociación de Profesores del Estado de Indiana)

Katharine A. Kane
Especialista de la educación
(Jubilada de la Oficina de Educación del Condado de San Diego,
California y de la Universidad Estatal de San Diego)

Visite Children's Press® en el Internet a:
http://publishing.grolier.com

Información de Publicación de la Biblioteca del Congreso de los EE.UU.
Pérez-Mercado, Mary Margaret.
¡Zas! / escrito por Mary Margaret Pérez-Mercado; ilustrado por Richard L. Torrey.
p. c.m. — (Rookie español)
Resumen: Cuando un padre y su hija tratan de decorar y rellenar un pastel la mayoría del relleno se cae en el piso y no en el pastel.
ISBN 0-516-21692-9 (lib. bdg.) 0-516-26797-3 (pbk.)
[1. Pastel—ficción. 2. Libros en español.] I. Torrey, Rich., il. II. Título.
III. Serie.
PZ73.P476 2000
[E] — dc21 99-053759

Impreso en los Estados Unidos de América.
4 5 6 7 8 9 10 R 09 08 07 06 05

Hicimos un pastel.
A Papá le ayudé.

Pero,
¡qué desastre fue!

Se cayó el relleno.
Llegó al suelo.

Pegó contra la pared,

y contra la puerta también.

Cayó encima del perro.

Cayó encima del gato.

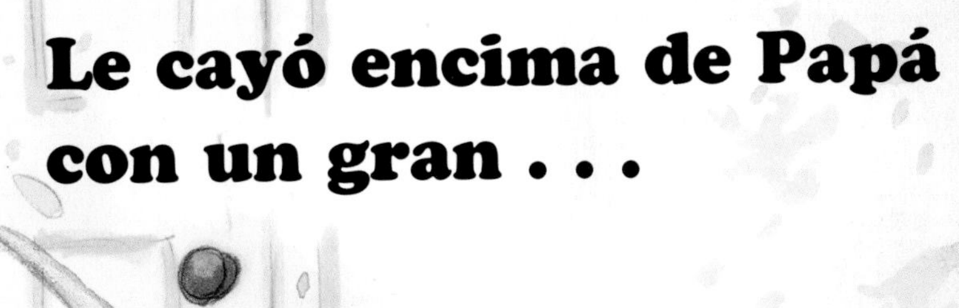

Le cayó encima de Papá con un gran . . .

¡ZAS!

A Mamita

y a mi culebra les saltó,

¡pero NUNCA, NUNCA al pastel llegó!

Lista de palabras (39 palabras)

a
al
ayudé
cayó
con
contra
culebra
de
del
desastre
el
encima
fue
gato
gran
hicimos
la
le
les
llegó
Mamita
mi
nunca
Papá
pared
pastel
pegó
pero
perro
puerta
qué
relleno
saltó
se
suelo
también
un
y
zas

Sobre la autora

Mary Margaret Pérez-Mercado nació y creció en el este de Los Ángeles. Recibió su grado B.A. en la Universidad Estatal de California de Los Ángeles y la Maestría en Ciencias Bibliotecarias en La Universidad de California, Los Ángeles. Antes de empezar su carrera como bibliotecaria para jóvenes en la Biblioteca Pública de Tucson-Pima, trabajaba en el Sistema Bibliotecario del Condado de Los Ángeles. Vive con su esposo y sus dos hijas en Tucson, Arizona. Les gusta a todos observar los animales que beben agua en su jardín – los coyotes, las javelinas, los correcaminos y las liebres grandes.

Sobre el ilustrador

Richard L. Torrey se ha dedicado durante 15 años a las carreras de caricaturista sindicado y creador de tarjetas para ocasiones especiales. Vive en Shoreham, Nueva York, con su esposa Sue y sus hijos Heather, de 8 años y Drew, de 3 años.